句　集

山は富士

瀬川成躬

てらいんく

目次

平和を詠む

しわしわの手からもみじの手へ九条

巧みなく書かれた俳句で、その自然さが「しわしわ」の手「もみじの手」を美しく優しく韻《ひび》かせている。この優しさが「九条」。

（『東京新聞』二〇一五年二月十日　金子兜太選評）

蟬しぐれ正座して読む「原爆の子」

原爆忌大川悦生不帰の人

原爆忌エッセイという名の星ひとつ

語り部がまた星になる原爆忌

はだしのゲン子らにすすめる新学期

踏まれても伸びゆく青麦はだしのゲン

祈りこめ吉永小百合の原爆詩

我が胸も灼《や》かるるごとし広島忌

黒い雨忘れたように白い花

累々と屍の川面ゆらめく灯《ひ》

風化せぬさせてはならぬ原爆忌

天空にひびけ群読原爆詩

目覚めたら「茶色の朝」がくる恐怖

人に

別れゆく君は春呼ぶ風に今なる
あすなろや開校の思い胸せまる
花笑顔春とどまらず別れゆく

子らの夢みのる花かご手から手へ

雪の下春待つ心ふきのとう

別れの朝水仙凛とにほひ立つ

花ぐもり行く人来る人夢語る

花の言葉聞きつつやさしい目となりぬ

美しく歳を重ねて酔芙蓉

田園のコスモスどこまで風に揺れ

別れゆく君と語らう春の宵

さりげないやさしさが好き辛夷《こぶし》咲く

楚々とした君群青のクレマチス

清らなる君は野に咲く百合の花

やさしさとは何かと問われ秋桜

麻生の地匠と呼べる男あり
竹の秋男の美学つらぬいて
梨の花こぼれて子らと別れゆく

卒業式

第一回卒業式

育《はぐく》みし子らと別れの春の庭

春うらら子らそれぞれの道歩む

第二回卒業式

春風にのってはばたけ第二期生

第三回卒業式

巣立つ子の輝くひとみと澄んだ声

第四回卒業式

別れの歌涙でかすむ子らの顔

第五回卒業式

大空へ子らははばたきぬ腕《かいな》より

花ぐもり夢を抱いて子ら巣立つ
第六回卒業式

おもかげは幼き日のまま卒業す
第七回卒業式

学び舎にひびく歌声巣立ちの日
第八回卒業式

第九回卒業式

子らと歌う最後の校歌胸せまる

春　光の矢

回り道してみたくなる春日傘

再見とふりむく肩に花ふぶき

若きらの夢の数だけポプラの葉

分水嶺きわめて春の富士はるか

泥水に立つ睡蓮のいさぎよし

学舎への道今日限り花辛夷

ほほ染めて少女にかえるひなまつり

春燈や別れの予感のひなまつり

秘め事を打ち明けたくなる雛まつり

春雷や木立の緑走りぬけ

君がつぐ杯にひとひら桜かな

陽だまりにわたしここよとすみれ草

春の空今放たれし光の矢

白神のブナが育む春の水

葱坊主孫は小学一年生

光という光あつめて春の川

ふと口をついて出るなり卒業歌

集う子の春呼ぶ歌声五周年

鐘山《かねやま》に春呼ぶ太鼓の乱れ打ち

春惜しむ夫の退任祝う会

沈丁の路地をゆくらし子らの声

稜線にかすみ立ちたる愛鷹は

君の墓しとど濡らして春の雨

老木と向きあい心を解き放つ

命あるものみな美し白神山

紙風船夢ふきこんでそっとつく

儚《はかな》げに散りしきる花ただ静か

夏　夕蛙

水神の怒り轟く夏の滝

陽の光あびてひまわり黄金《きん》の風

どうっざわわ賢治の畑の風さわぐ

大空におどる真鯉のやさしい目

鬨《とき》の声雲つきぬけよ子らの意気

万緑や別れのおもひあふれくる

風がはこぶ木々のことばと水の声

手をつなぎ杉の太さをはかる子ら

胸に満つおもひ抱きしめ富士見上ぐ

君とふたり夏の山寺風になる

風の盆忘れられない恋もある

海の音聞きつつ遠い恋想う

夕蛙父と歩いた田圃道

火の国や目もと涼しき女あり

青大将ぬらり小道を通せんぼ

古本の匂いなつかし薄暑かな

公園にボール転がり炎暑かな

新緑の学び舎彩《いろど》るふき流し

雲が湧き天龍しぶきに声あげぬ

花火師の想い夜空に華と咲き

時を超え蝉時雨《せみしぐれ》に座す龍潭寺《りょうたんじ》

夢ひとつさがす鬼怒川夏の旅

蟬の声途絶えて益子の絵付けかな

流鏑馬《やぶさめ》や瞬時に的は射ぬかれて

夾竹桃横井久美子を君と聴く

幼子の団扇をかざす夏の月

子とふたりすすする真昼の冷素麺

月光をあつめ紫陽花紺深し

早緑の珠ふくらみて瑠璃の花

月見草の似合う富士なり桜桃忌

山は富士河は富士川我が故郷

はらからへであいしひとへ「山は富士」

秋　新蕎麦

返す言葉みつからぬまま吾亦紅

野分晴れコスモス揺れて文を待つ

花野から花野へつづく風の道

稲の気を吸いて岩木の風立ちぬ

川面わたる風のにほひや秋茜

木犀の風にのる声通学路

大菩薩嶺をきわめてこの笑顔

秋高し子ら集いくる東屋に

秋高し木々が織りなすグラデーション

樹を抱けばいのちの鼓動水の秋

金木犀母となる日の近き吾娘

菩提樹に吹く風いつしかシューベルト

白樫《しらかし》の葉擦れ清けし風立てば

残菊の香り仄かに一周忌

瞑想の道どこまでも彼岸花

秋高し孫の手描きの万国旗

新蕎麦を掻く母の手よ力あり

風は今深まる秋の色をして

秋桜《あきざくら》空往《ゆ》く雲と東屋と
折々の風の音聴く東屋で
一夜明け跡形もなきくんちかな

故郷が無性に恋し水の秋

秋高し背伸びして見る大道芸

そのひと言とうとう聞かずに星祭

蕎麦湯搔くそぞろ歩きの深大寺

こおろぎや母恋う道の夕まぐれ

左富士浮世絵のままバス停に

この愛を断ちきれぬまま聴くショパン

ひろすけ童話かるた

つきにとどけキリンがくわえたこのはのはがき

ひろすけのあいをかんじるひとつのねがい

冬　富士眠る

しんしんと雪どこまでも美しく

雪玉を投げ合う子らの声はずむ

春を待つ意志あるごとし冬木立

風花や孫の便りは富良野から

雪は舞い子らの黄合羽歌いゆく

二十一の星燦然《さんぜん》と凍《い》てし夜に

追羽子や勢いあまって墨ぬられ

瞬いて落ちてきそうな寒昴

何もかも見て揺るぎなし富士眠る

今日も君が見ている富士がここからも

九《きゅう》ちゃんの歌声流れる星の夜

辞世の句

雑草《あらぐさ》の実がこぼれても花が咲く

誰も目にとめないような雑草にもちゃんと名前があるし実がこぼれて花をつけていく、そんな雑草のように強くやさしく生きていきたい。

（『一億人のための辞世の句　Ⅱ』　坪内稔典選　蝸牛社　一九九八年）

傷つけて傷つけられて紫苑《しおん》かな

若い頃は友人や恋人と傷つけあい、結婚してからは夫、家族と傷つけあってきた。人間は傷つけあわずに生きていけないようである。

今歳を重ねて紫苑が揺れる野にたたずめば、それらも遠い想い出になりつつある。

花ことばは「追想・君を忘れない」素朴な花。

（『元気なうちの辞世の句３００選』坪内稔典選　中経出版　二〇〇四年）

ふれあいの数だけやさしい花さかせ

人と人とのふれあいがうすれてゆくこの時世、ふれあうほどに心の中にやさしい花が咲く、咲かせてゆきたいという思いをこめて作りました。

（『一億人のための辞世の句　I』坪内稔典選　蝸牛社　一九九七年）

所収一覧

p. 6 左·p. 10 右『第29回原爆忌東京俳句大会作品集』(原爆忌東京俳句大会実行委員会, 1998年)
p. 7-9・p. 10 右『原爆句集 2』(原爆忌東京俳句大会実行委員会編, 2000 年)
p. 6 右『東京新聞』(2015 年 2 月 10 日)
p. 10 左『しんぶん赤旗』(2015 年 2 月 10 日)
p. 10 中央『俳句のくにから　空の一句』(三重県俳句協会編, 角川学芸出版, 2001 年)
p. 14 左・p. 16 左・p. 28 左・p. 34 中央・p. 36 右・p. 39 右・p. 48 左　・p. 55 右・p. 55 中央
『座間市文化祭　俳句の部』
p. 26 右『俳句のくにから　道の一句』(三重県俳句協会編, 角川学芸出版, 1999 年)
p. 27 中央『東京新聞』(2007 年 7 月 29 日)
p. 27 左『東京新聞』(2005 年 4 月 24 日)
p. 30 右『俳句のくにから　光の一句』(三重県俳句協会編, 角川学芸出版, 2008 年)
p. 30 中央『茜空　4 号』(2006 年)
p. 30 左『茜空　5 号』(2007 年)
p. 31 右・p. 40 左『茜空　6 号』(2008 年)
p. 31 中央『茜空　8 号』(2010 年)
p. 32 左『東京新聞』(2008 年 4 月 27 日)
p. 33 中央『東京新聞』(2008 年 3 月 16 日)
p. 36 左『第六回虚子・こもろ全国俳句大会作品集』
(第六回虚子・こもろ全国俳句大会実行委員会, 2005 年)
p. 38 右『俳句のくにから　水の一句』(三重県俳句協会編, 角川学芸出版, 2003 年)
p. 40 右『東京新聞』(2007 年 4 月 29 日)
p. 40 中央『俳句のくにから　火の一句』(三重県俳句協会編, 角川学芸出版, 2009 年)
p. 41 右・p. 62 中央『茜空　7 号』(2009 年)
p. 41 中央『茜空　10 号』(2012 年)
p. 44 中央『東京新聞』(2008 年 7 月 27 日)
p. 44 左『東京新聞』(2008 年 8 月 24 日)
p. 45 右『東京新聞』(2005 年 6 月 26 日)
p. 48 右『俳句のくにから　花の一句』(三重県俳句協会編, 角川学芸出版, 1998 年)
p. 51 右『俳句のくにから　木の一句』(三重県俳句協会編, 角川学芸出版, 2006 年)
p. 52 中央『東京新聞』(2007 年 11 月 25 日)
p. 53 右『俳句のくにから　国の一句』(三重県俳句協会編, 角川学芸出版, 2010 年)
p. 53 中央『東京新聞』(2003 年 10 月 26 日)
p. 53 左『茜空　3 号』(2005 年)
p. 54 左『しんぶん赤旗』(2010 年 11 月 30 日)
p. 56 右『東京新聞』(2006 年 11 月 26 日)
p. 57 中央・左『ひろすけ童話かるた』(浜田広介記念館, 2009 年)
p. 61 右『第七回虚子・こもろ全国俳句大会作品集』
(第七回虚子・こもろ全国俳句大会実行委員会, 2006 年)
p. 61 中央『しんぶん赤旗』
p. 61 左『しんぶん赤旗』(2015 年 1 月 6 日)
p. 62 右『俳句のくにから　遊の一句』(三重県俳句協会編, 角川学芸出版, 2002 年)
p. 62 左『第 1 回　富士山を詠む　俳句賞作品集』(富士宮市教育委員会, 2004 年)
p. 63 左『川崎市制 80 周年記念　かわさきかるた』
(川崎市制 80 周年記念かわさきかるた制作委員会, 2005 年)
p. 66『一億人のための辞世の句　Ⅱ』(坪内稔典選, 蝸牛社, 1998 年)
p. 67『元気なうちの辞世の句 300 選』(金子兜太監修, 坪内稔典選, 荒木清編, 中経出版, 2004 年)
p. 68『一億人のための辞世の句　Ⅰ』(坪内稔典選, 蝸牛社, 1997 年)

あとがき

私は富士山の真正面に位置する富士宮市で生まれ育ちました。

教師として神奈川県唯一の村に赴任した際に、校長先生が私を紹介した言葉は忘れることができません。「富士山が見える所には美人はいないと言いますが、美しい……」と。およそ美人とは縁遠い容姿の私は穴があったら入りたいくらい恥ずかしい思いをしました。ただそれ以来心の中にいつも富士山が、どっしりと存在してどんな時も励ましてくれていたように思います。今も、そしてこれからもずっとそうだと思っています。まさに

山は富士河は富士川我が故郷　　です。


高校の校歌にも、〝霊峰富嶽の聳ゆるところ青松白砂に陽の炎へば……〟と詠われています。その富士山には二回登りました。一度は中学時代に一合目から歩いて、二回目は友人とでしたが忘れられない大切な思い出です。

短歌もそうでしたが、俳句もまた高校時代の現代国語（島村先生）が原点でした。授業で級友が作った

山の味土の味するところろかな　　岡本　正

にわか雨金木犀の香をよする　　石川　武代

この二句は私にとって名句です。ところが自分が作った句は一向に思い出せないのです。
ここに収めた作品も五・七・五のことばあそびのようなもので俳句とは言い切れないものばかりです。芭蕉のふるさと三重県に応募した作品（入選句）が辛うじて俳句らしい俳句かも知れません。
最後の勤務校・金程小学校では行事のたびに俳句を作ったものです。
〝人に〟の章には金程小学校で出会った個性豊かな同僚たちへの短いラブレターともいえる俳句たちがちりばめられています。
中でも『一億人のための辞世の句』の本の帯に印刷された
ふれあいの数だけやさしい花さかせ
は、自分でも気に入っている一句です。

今回も短歌集『秋桜』と同じくてらいんくさんにお世話になり、細かいアドバイスをいただきました。里永子さんの若い感性で素敵な本になりました。心より感謝しています。
表紙を飾る富士山は亡き兄の水彩画です。「そうか、できたか。小さいけどいい本にしあがったな」と言う兄の声が聞こえてくるようです。

はらからへであいしひとへ「山は富士」

瀬川成躬

句・瀬川成躬（せがわ なるみ）

1939 年 2 月 11 日静岡県富士宮市生まれ。
1961 年 4 月～ 1999 年 3 月まで 38 年間公立小学校教員を勤め、川崎市立金程小学校にて退職。
2014 年 3 月 歌集『秋桜』（てらいんく）を発行。

画・芹澤清人（せりざわ きよと）

1930 年 12 月 3 日－2011 年 8 月 22 日。
静岡県富士宮市生まれ。
1958 年 東京新聞社入社。
1967 年 東京新聞社川崎支局勤務。
1971 年 川崎公害報道研究会の活動で日本ジャーナリスト会議（JCJ）賞受賞。

主な著書
『ふるさとの名は川崎』（高文研 , 1991 年）
『検証　川崎公害』（多摩川新聞社 , 1994 年）

山は富士　　瀬川成躬句集

発行日　2015 年 8 月 22 日　初版第一刷発行
句　瀬川成躬
画　芹澤清人
発行者　佐相美佐枝
発行所　株式会社てらいんく
〒 215-0007　神奈川県川崎市麻生区向原 3-14-7
TEL　044-953-1828　　FAX　044-959-1803
印刷所　株式会社厚徳社

ISBN978-4-86261-116-1　C0192